AF503520

EPITRE A L'AMOUR,

LIBRE A TOUT LE MONDE,

OU L'ERREUR DU JOUR

SE MONTRE A LA RONDE.

A PARIS,

Chez GODARD - BAILLE-LA-LI BELLE,

Aux avis

A boucher les trous ſans Chandelle.

M. DCC. XLVIII.

Me tabula ſacer
Votiva paries indicat uvida
Suſpendiſſe potenti
Veſtimenta maris Deo.

Hor. Ode V.

EPITRE A L'AMOUR, LIBRE A TOUT LE MONDE, OU L'ERREUR DU JOUR SE MONTRE A LA RONDE.

AH, ma foi, Monsieur Cupidon
J'ai bien des choses à vous dire!
Mais, excusez au moins, pardon
Si je vous parle sur ce ton:
C'est que j'ai la tête en délire,
Et les trois quarts du croupion.
  Vous êtes un maudit fripon!
Prenez ceci pour mots à rire;
Un Filoux, un Croc, un Gascon,
Un Pendard, un Gibier de Gréve;
Allez, que la peste vous créve,
Que les Servantes de Pluton
Vous accrochent par le chignon,
Vous saboulent dans leur cuisine,
Et que la vieille Proserpine

* 2

Vous étale ſur le charbon ;
Vous rotiſſe, vous rende bon
A repaître le chien Cerbére,
Vous & Madame votre Mere
Et votre Génération.
Hélas ! ſans mon ami Chiron,
Je ſerois un joli mignon.
Oüi, oüi je vous excommunie,
Loin de mes Freres les mortels,
Je vous chaſſe, je vous renie,
Et j'extermine vos Autels !
Comment donc vilaine canaille,
Tandis que pour vous je travaille ;
Que je ſue enfin ſang & eau,
Vous me campez dans un Vaiſſeau,
Qui me méne droit au naufrage ?
Ventre ſaint-grì, je bous de rage !
O double & triple ſcélérat,
Où m'as-tu mis, dans quel état !
Je ſuis plus aride & plus blême
Que les vigiles du Carême,
Mes pauvres os font cric & crac,
Mon cœur eſt ab hoc & ab hac :
Je ne crois pas que j'en revienne,
Je crie, & je n'ai plus de voix ;
C'en eſt fait, je ſuis aux abois,
Il faut rengainer mon antienne.
On me le dit bien l'autre jour !

Tout eſt conſtraſte dans l'Amour;
Ne pas aimer eſt une peine,
Aimer devient une autre gêne,
Le plaiſir n'a jamais ſon tour.
Cependant qui n'eût fait de même;
Car on eſt ſi ſot quand on aime,
Qu'on n'aperçoit aucuns défauts;
On trouve toûjours les yeux beaux
De la Poulette qu'on adore.
Fut-elle plus hideuſe encore
Que Thiſiphone ou qu'Aleĉton,
C'eſt un bijou, la paſſion
De tâter de ſon tripotage,
Fait qu'on admire ſon plumage,
Ses geſtes, ſon goût, ſa façon,
Et l'on en devient le dindon.
Elle a beſoin d'un équipage?
Perſonne ne reſte en repos,
L'Univers eſt dans les travaux,
Et ſon délicat perſonnage
Emeut le fou comme le ſage.
Elle vous alléche, *Raton*!
Mon joujou! mon petit trognon!
Et vous, vous lui dites, *ma Chate*!
Elle veut une Montre d'or,
Vous la lui donnez: puis encor
La Caméléone vous flâte,
C'eſt une boëte qu'il faut;

Enfin dans le gentil assaut
Elle gagne une bague fine.
Vous avez toujours soin du pot;
Surtout de la liqueur divine,
Du loyer, du bois, du gigot:
Ensuite vient la garderobbe,
Quoiqu'à l'étranger l'on dérobe
Quelques Loüis par ci, par là.
Mais vous fournissez sans cela;
C'est le fruit d'une broderie,
D'un vieux morceau de Friperie,
Le revenu de trois crédits.
Vous fournissez quelques habits,
Un ajustement à la mode,
Alors vous êtes la Pagode,
Moyennant cent nouveaux rubis.
Arrive Madame Ragonde,
La plus complaisante du monde,
Marchande en détail comme en gros
Des colifichets les plus beaux,
D'Etoffe, ainsi que de Dantelle:
Elle s'entend avec la belle
A tirer vos riches ducats;
Elles semblent n'y toucher pas;
Tandis que l'une les excroque,
L'autre ingénûment vous les croque.
Qui peut ainsi se soutenir?
Infortuné qui s'aquoquine

A la Race de Meſſaline !
Quiconque veut l'entretenir,
A ſa perte eſt ſûr de venir;
C'eſt la banque de la ruine.
  Pour remerciement des joyaux,
Dont je fais ici l'étalage,
J'ai reçû deux petits chevaux,
Et je n'en veux pas davantage.
Mais deux petits chevaux ſi vains,
Et d'un ſi débile courage,
Qu'on peut les apeller poulains.
  Voyez pourtant ! leur origine
Etoit d'une bête maligne.
A peine les ai-je chez moi,
Que je leur fais donner de quoi,
Belle paille, excellente avoine,
Ils étoient dodus comme un Moine ;
Et ces deux roſſes ſi benins,
Deviennent deux fougueux lutins.
L'un me flanque une pétarade,
Et m'étend le long du ruiſſeau ;
L'autre marche ſur mon chapeau,
Et me lâche auſſi ſa ruade,
J'étois comme un *ecce-homo*,
Sous un habit de maſcarade.
Alors vinrent ces bons Chrétiens,
Que l'on apelle Chirurgiens :
Ils dirent que j'étois malade,

Qu'il falloit Phlebotomiſer ;
Et ſouvent me Cliſtariſer.
Un Docteur Anglois les rebute.
Ils argumentent ſur ma chûte :
Le mal alloit toujours ſon train.
Tout conclu, dès le lendemain,
On m'ouvre largement la veine ;
Et le reſte de la ſemaine
J'avalai de petits boüillons,
Pour me rafraichir les poulmons ;
On n'a jamais vû telle aubaine.
Dès les dix heures du matin
J'avois Monſieur le Médecin
Par devant, & puis par derriere
J'avois Monſieur l'Apoticaire.
L'un me faiſoit tourner l'eſprit,
L'autre le cul, puis tout de ſuite
Je voyois partir la viſite.
Vers les aproches de la nuit,
Venoit l'Apôtre de Saint Côme,
Toujours la Lancette à la main.
Ça comment vous trouvez-vous l'Homme ?
Il faut ſeigner, j'en ſuis certain.
Monſieur, une petite poſe !
J'agoniſe, *bon, ce n'eſt rien !*
Ne faiſons donc pas autre choſe,
Si ce n'eſt rien ? *Ah ſainte Roſe !*
Ceci n'eſt que pour votre bien.

Vous avez le sang marotique ;
Et le maron n'est pas fébrique,
N'est pas, n'est pas, n'est pas gnostique ;
Son Corps est Gigantomachique,
Il tient fort de la Catoptrique,
Il est un peu Chorégraphique,
Il est même assez Simphonique.
Mais il est... c'est qu'il est Epique :
Or, l'Epicerie amphibique,
Vous rendroit la vûë antartique ;
Vous avez l'oüie aromatique,
Vous avez le goût létargique,
Vous avez l'odorat lirique,
Vous avez le toucher bacchique,
Et par ma juste arithmétique,
Allons vîte que je vous picque !
Je pense qu'il faut vous seigner ;
Il ne faut point vous épargner.
Mais ne suis-je point en ruine,
N'ai-je point un air de famine,
Ne me trouvez-vous point bramine ;
Un Rhumatisme de Poitrine,
La bouche un peu trop salamine,
Et les dents en forme d'épine,
L'apétit d'une jeune Albine,
Avec la fiévre de Cristine ?
Oüi, je le vois à votre mine,
Et bien plus que je ne devine.

Hélas, c'est ce qui me chagrine;
Tenez, seignez-moi donc, Monsieur;
C'est moi qui suis votre sauveur!
Qu'on prépare mainte palette.
Connoissiez-vous Messire Admette,
Le Beau-Frere de Roboam?
Il étoit Bisayeul d'Adam.
Ce Prince étoit à Rhoterdam;
C'est-là qu'il épousa Him-ham,
La petite Fille de Cam;
Puis il prit en seconde Nôce
Jobeline de Cappadoce,
Damoiselle de grand honneur;
Cette union fit son bonheur.
Il fut attaqué de la Goutte,
Je le seignai plus de vingt fois.
Et vous le guérites sans doute?
Certes! comme voilà cinq doigts.
Je lui fis boire du Champagne
Avec force poudre à canon;
Au bout d'un an dans la campagne,
Il bondissoit comme un mouton.
Mais, Monsieur, ma seignée avance,
Voilà du sang en abondance,
Et je me sens prêt à mourir.
Il ne faut pas vous étourdir,
C'est une foiblesse d'enfance.
Prenez un peu de patience.

J'expire, à l'aide! *Bon c'est fait;*
Voilà la compresse & la bande,
Demain il viendra plus au net.
Voici ce que je vous commande!
Allez faire un tour de Pont-Neuf,
Mangez force fromage & bœuf;
Car je vous parle en conscience,
Et vous vivrez en assurance.
Hélas! l'on me défend un œuf.
Qui, morbleu, c'est pure ignorance?
Buvez six chopines de vin,
C'est un spécifique divin;
Et ne passez pas l'Ordonnance,
Adieu. Voici bien autre chance!
Un grand Sorbonique Pantin,
A mon lit gravement s'avance,
Me crache deux mots de latin,
Et m'exhorte à la Pénitence.
Souffrez, me dit-il, en criant;
Souffrez, souffrez, chaque tourment
Est un trait de la bienveillance
Des caresses du Tout-puissant,
Qui vous apelle au Firmament
Par le guichet de l'indulgence.
Heureux cent fois le Pénitent
Qui peut enrager en silence!
Judas, le barbare Judas,
Quoi donc, ne m'entendez-vous pas?
Si fait, Monsieur, c'est que je tousse;

Un Miſſionnaire en ce cas ;
Vous ſuffoqueroit dans les draps ;
Si vous aviez l'eſprit à bas ;
Judas enfin qu'Aſtarot pouſſe,
Judas trahit notre Seigneur !
Mais il en eût bien mal au cœur.
Il fit après un Suicide
Qui le perdit, ô le perfide !
Ah, Monſieur, c'étoit un bon Juif !
Un bon Juif ? après cet outrage
Il eût fallu le brûler vif !
Vous me tenez un beau langage ?
Un beau langage aſſùrement.
Où trouverrez-vous à preſent,
Dans ſa Ville ou dans la Retraite,
La contrition plus parfaite ?
Sera-ce un jeune Anacorette,
Sera-ce une vieille Nonette,
Une Hirondelle, un Dombillette
Qui pourront m'en prouver autant ?
Ni l'Opéra, ni le Convent
De cent pics n'aprochent la choſe :
Sur ce miracle bouche cloſe.
Judas ! qui t'imite à preſent ?
Sur toi tout le monde ſe forme,
Pas un n'embraſſe ta réforme.
Judas, ah je te vois pendant !
Tu t'étouffes même en plein vent.
O bel & ſalutaire exemple !

O prodige d'humilité !
Je t'admire & je te contemple,
Cher objet ! d'un sot irrité
Méprise la bille cinique.
Je te vois dans la gloire antique
Eclater comme le Saphir.
Loin de tout Docteur empirique,
Que ne puis-je avec toi mourrir !
Aussi bien une corde immonde
Commence à me ceindre le front,
Et rien à mes vœux ne répond,
Que le Virus qui toujours gronde :
Descends ta ficelle, sois prompt,
Car, vois, la foire est sur le pont,
Ou saisis-moi par la criniere,
Et m'enléve à ma fin derniere.
Tenez, avalez de cette eau,
Quelle est-elle, Monsieur ? *benite*,
Allons, bûvez, avalez vîte :
Elle chassera du cerveau
Le noir Démon qui vous obséde.
Ha, ha, Monsieur, je me posséde !
Gardez votre médicament,
Je n'en serai jamais friand.
Sans la vérole qui m'accable,
Je ferois l'éloge du Diable.
Le Diable est un bon animal,
Mais il n'est esprit, ni cheval.

Sans la vérole ? ô le brutal !
Sçais-tu que c'est un sacré mal,
Qui nous est transmis par Nabal,
Et que le Prophête Royal
Le gardoit en original.
Raca, lis, lis donc l'Ecriture,
Impie, affreuse créature !
Ce phantôme de Carnaval
S'en fut après sa sainte injure.
Tel Ministre croit sa fureur
Aussi douce que confiture,
Il étoufferoit la nature
Dans la componction du cœur ;
C'est un mauvais jeu d'avanture!
Recommençons un autre bal,
Je ferai les frais de la fête.
Que vois-je, quel original ?
C'est un Baigneur. Le sort fatal
Que rien ne calme, rien n'arrête,
Dans l'eau me plonge jusqu'au cou,
De m'oprimer il n'est pas fou,
Et c'est tempête sur tempète.
Ai-je donc offensé Junon,
Pour me traiter en polisson ?
Eole, & vous, Sire Neptune,
Parlez-lui de mon infortune.
Puisse tu, Batard de Paphos,
Mille fois souffrir tous mes maux,

Et que l'infernale Mégére
Te déchire dans sa colére !
Hé, pour un seul coup d'aiguillon
D'une Abeille ! quel carillon
Ne fis-tu pas dans tout Cythére ?
Petit gueu, petit mirmidon,
Rebut de l'être, morpion,
Que ne te vois-je dans ma place !
Tu ferois joyeuse grimace.
Ouf ! l'on me brûle, l'on me cuit,
Hai, hai, finis, Baigneur maudit !
Bon ! que Belzebut vous emporte !
Pouvez-vous braire de la sorte ?
L'eau n'est qu'au dégré de chaleur
Qui convient. Votre serviteur,
Si vous croyez, que l'on vous brûle ;
J'aimerois mieux signer la Bule,
Etre Moliniste cent fois,
Que de me soumettre à vos Loix.
Ah, jour de Dieu ! quelle cervelle ;
Il faut allumer la chandelle
Pour voir ses lamentations ;
Saint Laurent ! eh ! nous l'écorchons ;
Voilà-t-il pas, la belle chose,
Il faut le baigner dans l'eau rose !
Sçais-tu bien, Monsieur l'impudent
A qui tu fais tes algarades ?
Je n'en sçais rien assûrément,

Mais nous voyons d'autres malades
Qui ſe plaignent plus doucement.
Pan, pan, pan, pan, hola! qui frape?
C'eſt le petit fils d'Eſculape,
Meſſire Gourgou Nicolas;
Quoi, ne me connoiſſez-vous pas?
C'eſt moi, qui purgeai les Planettes,
Tandis que Jean-Chriſtofle Athlas
Soutenoit le Ciel ſur ſes bras:
J'ai conſolidé leurs couchettes
Au rataplan des caſtagnettes.
C'eſt-moi qui guéri les lunettes
Du Célébre Noſtradamus.
J'ai réformé les Oremus,
Et j'ai trouvé les Epinettes.
J'ai commenté le Rituel
De l'illuſtre Pantagruel.
J'arrive, Monſieur, pour vous oindre,
Et j'ai traverſé pour vous joindre
Plus de pays que l'univers,
Tant dans ſon centre qu'à l'envers
N'en renferme dans Fontenelle.
Comment vous nommez-vous, Jodelle,
Martyre de ſainte Iſabelle?
C'eſt, Monſieur, c'eſt-moi juſtement.
Allons, gai dépêchons Galant!
Qu'un peu d'abord je vous bouchonne;
Ah, Monſieur, le vilain onguent!

Ce n'eſt pas du Miel de Narbonne ;
Mais il vaut mieux certainement,
Il eſt bien plus apetiſſant.
Depuis les pieds à l'encolure,
Je vais vous faire une dorure
Qui vous excitera la dent ;
N'y touchez pas, car à l'inſtant
Elle tomberoit, je vous jure.
C'eſt la pommade de Mercure
Que j'apelle ce Reſtaurent.
Comme il me pince la ceinture !
Monſieur, allez plus doucement.
Plus doucement ? je vous en caſſe,
Il faut aller, faſſe qu'il faſſe :
Ah, Monſieur, je ſuis au tombeau !
Que ce diſcours me ſemble beau !
Mais, chez-vous, le bon ſens radotte.
Quoi ! du Jupon d'une Marotte,
Sans fil, aiguille, ni ciſeau,
Je vous conſtruis une culotte
A neuf. Vous répugnez, ho, ho !
Je finis comme je commence,
Duſſai-je vous ôter la peau :
Bon ſoir, voilà mon audience.
Quel flux, quelle innondation !
Je crois que je deviens Triton,
Je vomis & le ſel & l'onde,
Ah ! bienheureuſe Radegonde,

Saint Roch, Saint Hubert, Saint Amand,
Accordez-moi pour un moment,
Deux dragmes de ſoulagement,
Mon Banquier vous en tiendra compte
Je vous le confeſſe à ma honte:
Voilà l'état où ma Catin
M'a réduit, Monſieur Saint Martin
Invitez votre ami Montain,
En paſſant chez maître Germain,
A me prêter un coup de main.
Mon Taudis n'eſt plus qu'un cloaque,
Qu'un égout, qu'un conduit puant
Où maint nouveau chagrin m'attaque,
Où je coule en putrefiant:
Non, je ne vaux pas une claque.
Hola, mon bon ami Silvain
Dites un mot à Véronique,
Ah, Madame ſainte Monique!
Sans vous, je me vois à ma fin,
Je ſuis un nouvel Auguſtin
Tout couvert des maux de l'Affrique.
Je me ſens mieux! grand ſaint Pudent,
Soutenez un convaleſcent!
Et vous, Mademoiſelle Agathe,
Affermiſſez-moi bien la patte;
Vous ſur tout, Monſieur ſaint Medard,
Tâchez de m'engraiſſer à lard.
Et pour me rendre vraiment homme,

Aprenez-moi, grand Chrisoſtome,
A raiſonner plus murement
Que je n'ai fait juſqu'à preſent.
  Au lieu des legeres fleurettes
Que je contois ſur le beau ton,
Des petits riens des chanſonnettes
Dont j'amuſois mainte guenon,
Là, faites-moi parler raiſon,
C'eſt l'anthidote des cornettes.
  Au lieu de plus d'un Madrigal
Que j'ai fait au Palais Royal,
Et qui courroit toute la Ville;
Enſeignez-moi quelqu'évangile
Dont la ſalutaire leçon
Ne bleſſe point l'opinion
Et s'accorde à l'occaſion.
  D'abord je n'ai ni ſou, ni maille;
Mon habit eſt plus ſec que paille
Et je dois pour ma guériſon.
  Vous allez me dire travaille,
A quoi, morbleu! je ſuis poltron;
Et je hais les champs de bataille.
Je me niche comme la Caille,
Je n'ai ni pouvoir ni crédit,
Pas le moindre petit réduit;
Je ſuis un grivois d'apetit
Qui ne connois de halebarde
Que celle dont un Rotiſſeur

Se ſert pour tourner la poularde :
La moindre choſe me fait peur,
Comment porter une coquarde ?
Quelques bons pigeons à la barde
Me feroient un meilleur emploi.
Daigniez m'exaucer gens du Roi !
Fermiers, Sous-Fermiers, en hotage
Placez-moi dans quelque Village,
Où je puiſſe faire ménage
entre la poire & le fromage.
Dois-je penſer au mariage ?
C'eſt encore un mauvais partage.
Irai-je dans un hermitage ?
Je ne ſuis pas aſſez ſauvage.
Me ferai-je Comédien ?
Non, car Monſieur ſaint Julien
Sur le champ parleroit au Pape
Qui me honniroit comme un chien :
Entre nous, je ſuis à l'attrape.
Si j'avois conſervé mon bien !
Mon bien ? & je n'eus jamais rien.
Mon Pere étoit un peu plus ſage
Et plus gueu qu'un faiſeur d'image :
Je ne ſçais s'il étoit Chrétien,
Mais il n'avoit pour tout potage
Qu'une étable ; & ſon entretien
Annonçoit un revenu mince ;
Je penſe qu'il n'étoit pas Prince,

Mais un honnête homme ſans fard ;
Et moi j'attens tout du haſard.
  Mais le haſard eſt un mot vuide ;
Si vous vouliez diligemment
Me trouver un meilleur garant
D'une fortune bien ſolide ,
Vous feriez un coup éclatant.
  Les Métamorphoſes d'Ovide
Dans ce ſiécle-ci n'ont plus lieu ;
Sans cela , je ſerois un Dieu ,
Deux ou trois brouillards de fumée
Etabliroient ma renommée ,
Et vous n'en doutez nullement.
Que vais-je faire en attendant
Le dénouëment de l'avanture ?
  Amour , recevez ma rupture.
Public , acheptez promptement ,
Et payez généreuſement
Cette lamentable brochure ;
Par votre ſalutaire argent
Je vais recarler ma figure ,
Me relier très-proprement
Sans aucun excès de parure ,
Et je promets , foi d'ignorant ,
De vous en adreſſer ſouvent ,
Mais d'une plus fine tournure ,
Et d'un ſtyle plus élégant ;
Votre humble ſerviteur RATURE.

FIN.

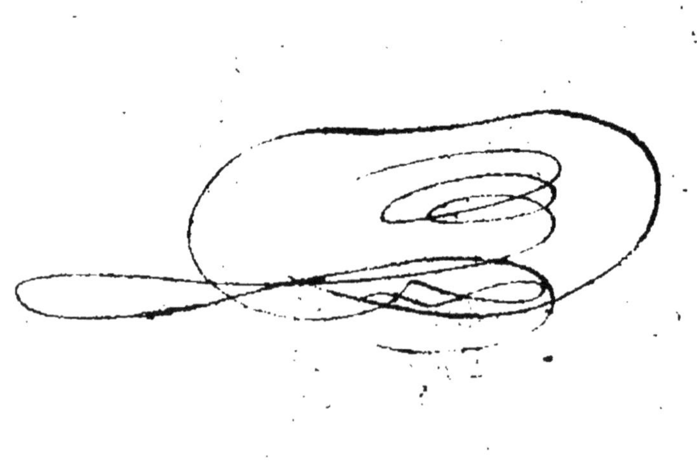

www.ingramcontent.com/pod-product-compliance
Ingram Content Group UK Ltd.
Pitfield, Milton Keynes, MK11 3LW, UK
UKHW021154230726
13926UKWH00001B/96

9 782014 067828